たにひらこころ川柳句集

ふたつ下のそら

新葉館出版

こころ

誰にでもある**こころ**。

確かにそれは存在するけれど、

誰もその手で掴んだことがない。

描こうにも姿かたちがわからない。

どんな色してどんな声してどんな顔なのか。

それでもひとは疑ったことがない。

人間に**こころ**があることを。

この不思議なものの正体に川柳が迫ります。

川柳との出会い、

それは**こころ**との出会いでもあります。

川柳句集

ふたつ下のそら

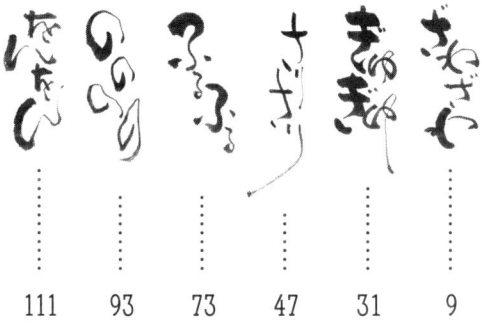

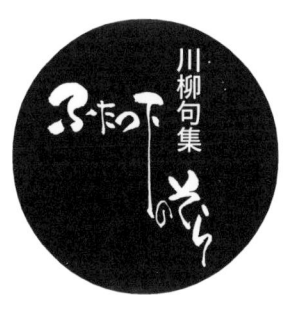

【書】
橘　右佐喜
・
遊字庵 ゆふ

川柳句集

ふたつ下のそら

I（いのち）

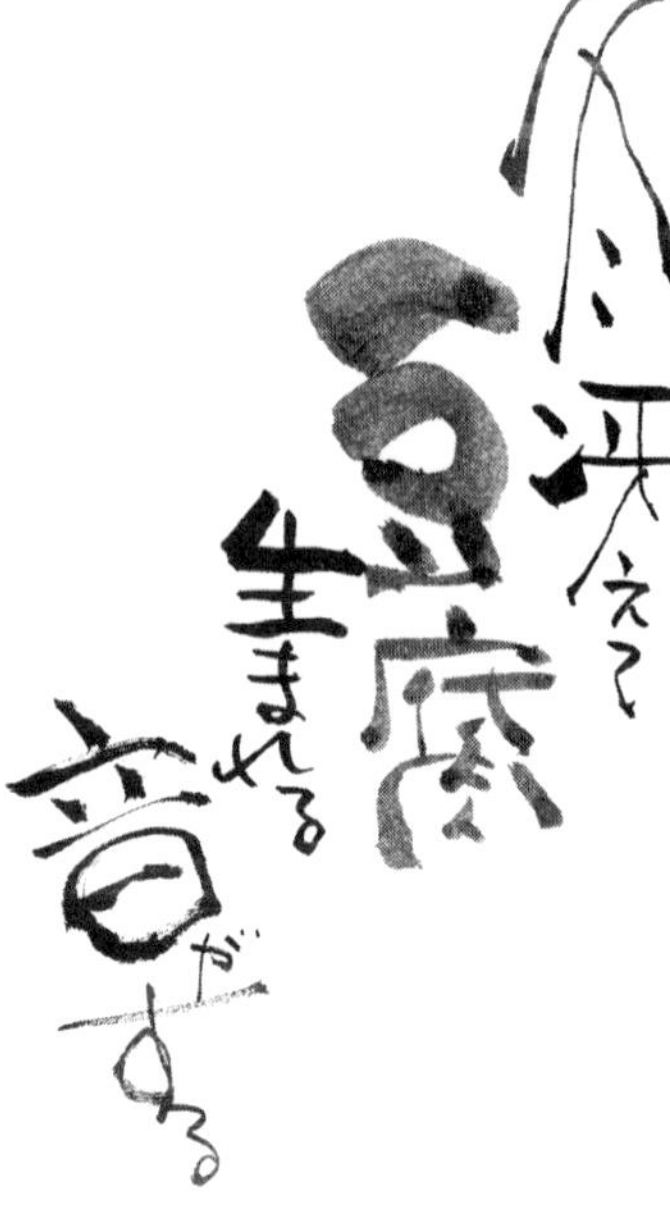

冬冴えて豆腐生まれる音がする

豆になるかすかな音よ朝ぼらけ
邪魔はせず **しっかり** 傍にいるみかん

キウイ輪切りひとり笑いがとまらない
血はみどりたっぷり食べる砂糖菓子

ざわざわ　ざわざわ

赤い血を疑うつもりはないけれど、
憂きことをまだ知りそめぬ頃のそれは、
みどり色だったかも——。
あふれるエネルギーのもとは、
甘〜い、甘〜い愛というお菓子。

艶やかな苺の腹ののっぺらぼう
芯のないバナナ楽しく生きている
メロンパン早く膨れた方が勝ち

あんパンのあんに届かぬ歯のかたち

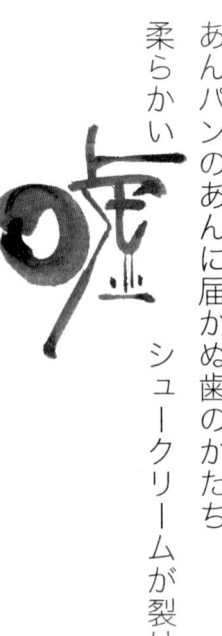

柔らかい嘘　シュークリームが裂ける

溶けるまで待っておれないミルク飴
追っかけのパワーパセリが伸びている

小さいと言われつづけたチョコボール
ころころと豆は太ってつぶされぬ

ゆで卵思い直して浮きあがる
下取りをされてじゃがいもしゃべれない

一言しゃべると削られ
二言しゃべって削られ、
とうとうおじゃがはイエスマン。
鍋の底、 それはならじと卵、
沈黙を破って浮上する。

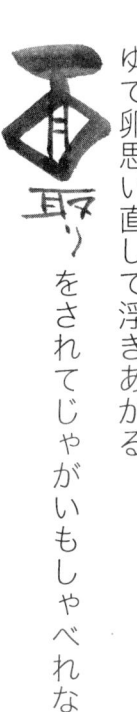

じっくりと主張してくる温野菜

カレーだって一夜 **熟考** するんだよ

ざわざわ

釣針を離さなかった鯛の口

釣針を離さなかった鯛の口

トモダチになった魚を食べている

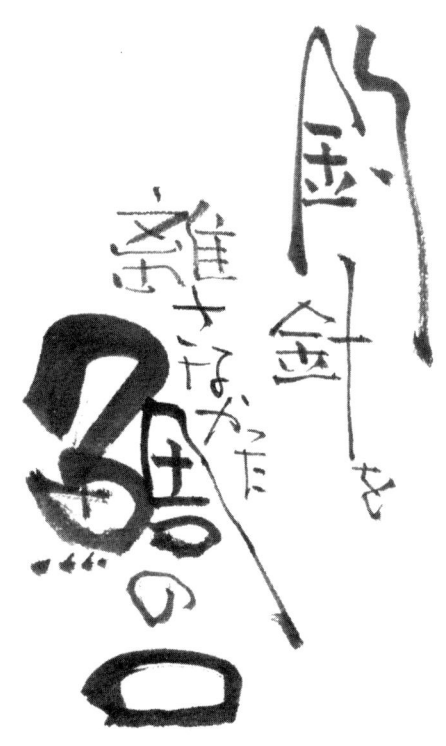

嘘全部吐き出しトマト踏まれけり
さみしさの色は七色はっか飴

唐辛子

いけずの色を深くする

もう赤く なれない ことを 知る トマト

夏の終わり、葉っぱも黄色く枯れかけているトマトの茎にしがみついている青い実。陽射しはまだまだ強いのに、トマトを赤くする力はもう残っていない。そのことはトマトも知っている。感じている。けれどもここにいのちのあることを、青いトマトは叫び続けている。

もう赤くなれないことを知るトマト

ぱさぱさの納豆だった午後だった
溺れていることに気づかぬラムネ玉

ざわざわ

ひとつずつ哀をこぼしてゆく

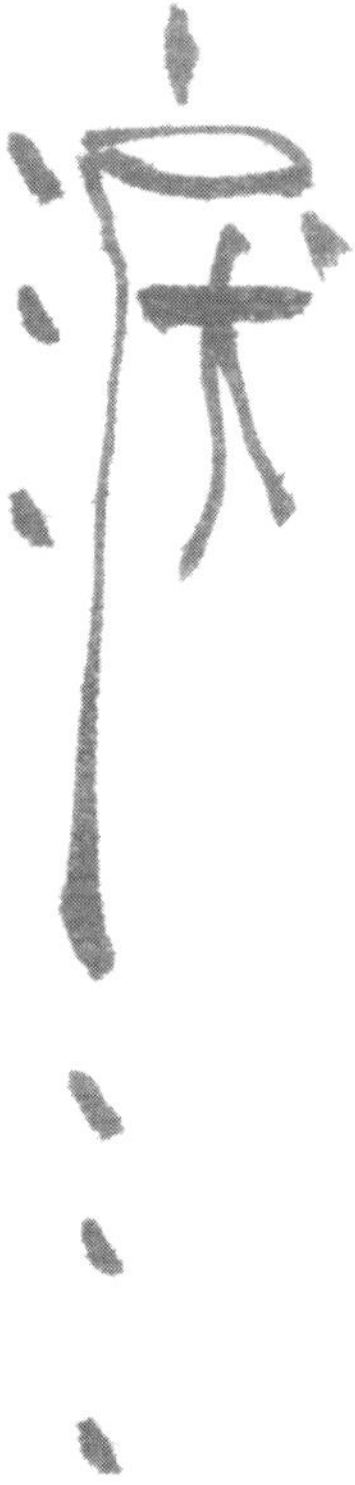

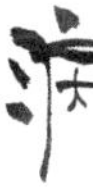

カットワカメ不安な手足伸ばしきる
山盛りピオーネ皿をこぼれ出る

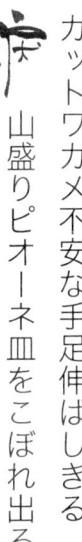

葱

愛されぬ餅ひび割れるお母さん
言い足りぬ葱包丁に絡みつく

白菜の芯たくましく冷蔵庫
嘘つきの豆腐きれいな湯葉になる

生き方は自分で決めるノンシュガー

ぷちぷちと油もうすぐ

発火点

怒るよ。 怒るよ。
ほらほらもうあんなに音を立てている。
真っ赤になって大爆発する前に
止められるのは
わたしだけ。

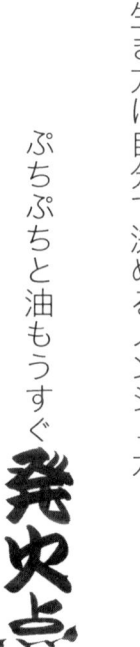

Ⅱ

（ちから）

ぎゅぎゅ

ためてためて桜一気に生みおとす
さくらさくら散るのがこわくないですか

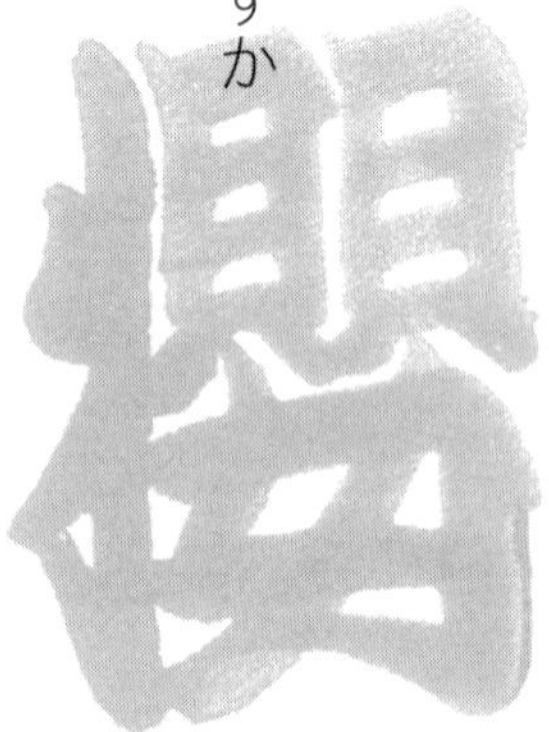

咲く前の桜の幹の凄い息
里はピンク一色なれど山桜

大人になると桜無口になるのです
最初はグー桜は散ってチョキ残る

バラと書く薔薇ゆっくりとばらになる

かたくなに生きてきたバラ――。

肩肘張って何もかも自分でしなければ気が済まなかった薔薇――。

力を抜いてごらん。　ひとを信じてやさしくなったばら――。

バラと書く薔薇ゆっくりとばらになる

花びら

配られたビラ足元で舞っている
花びらを配ったひとが多すぎる
愛してる花びらひらり嘘をつく

美しい言葉には美しい笑顔が応えてくれる。
だからついついシアワセを
配りたくなってしまうのだけど、
気がつくと配りすぎた花びらからは、
色が消えていた。

花びらを踏んでぞわぞわ蒼い土
花束の底に蠢く目目目目目

花びら

バラ枯れる怖いお話聴きすぎた
ともだちのかたちで咲いているあやめ
温度差があってともだち斑色

竹割れる　観音竹の葉先から

葉裏にも洩れなく笑顔貼りつける

いい人の裏でこぼれる金鳳花

睡蓮のゆとり午後には寝てしまう

暗闇で育っています豆一葉

大家族笑顔絶えない紫陽花家

こぼれてもこぼしても萩もう他人
ピラカンサあふれる毒で朱くなる

赤い実を仲間に入れてひび割れる
赤マンマこんなところで意地を張る

ぎゅぎゅ

草の実

のどこにも所属せぬ気概

ぎゅぎゅ

花になるつもりで揺れている葉っぱ

信じてる。 今も。
花が咲くと信じていたんだよ。
葉っぱも、 いつか蕾がふくらんで。
そうよ、 葉っぱだって生れたときは――――。

花になるつもりで揺れている葉っぱ

Ⅲ

（まっすぐ）

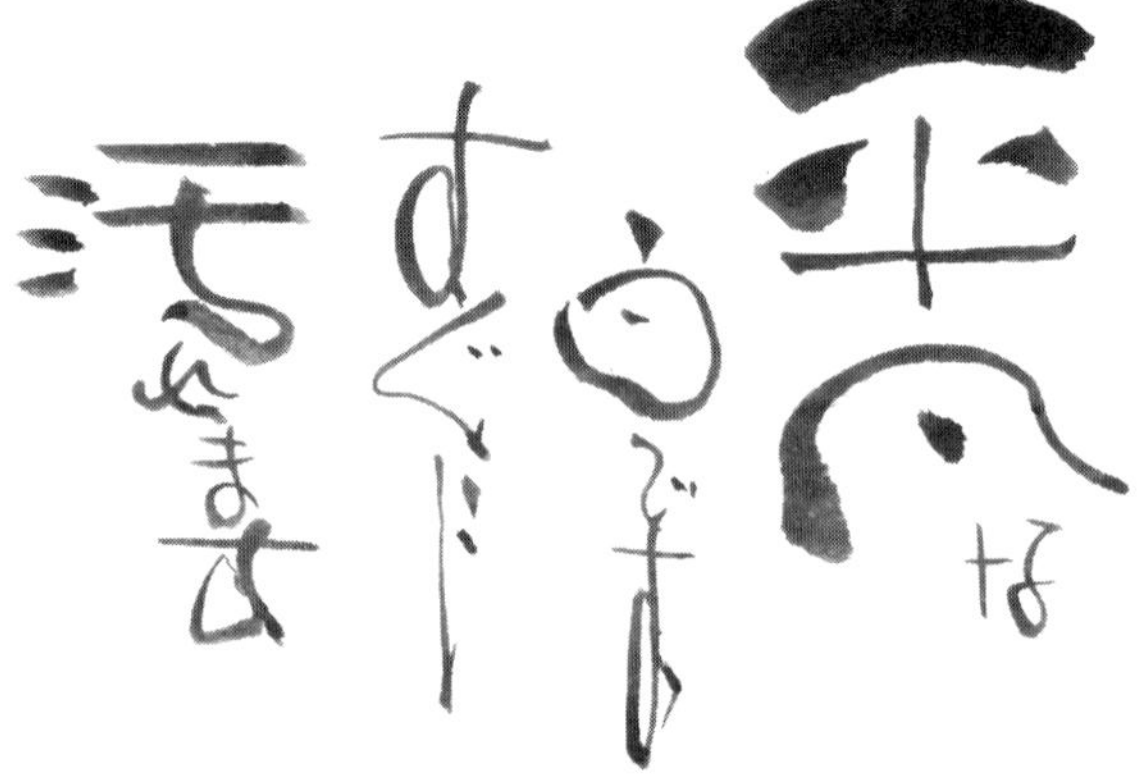

平凡な白ですすぐに汚れます

ごめんね…。
わたしって素直すぎるのかしら。
凛とした白にあこがれながら
赤にもなびき、 黒にもなびき、
そして深〜く傷ついているのです。

青空をちぎって投げる船出する
ステッキブンブン空気のありか確かめる
坂の道帽子が先にやって来る

澄みきった青空。
嘘一つ無いあなたは
いつも正しい。
でもでも、
そんなにまっすぐに生きて
寂しくありませんか。
辛くはありませんか。

青空のまっすぐ雲を寄せつけぬ

シンバルの震え対人恐怖症

学校の廊下に棲んでいるむかし

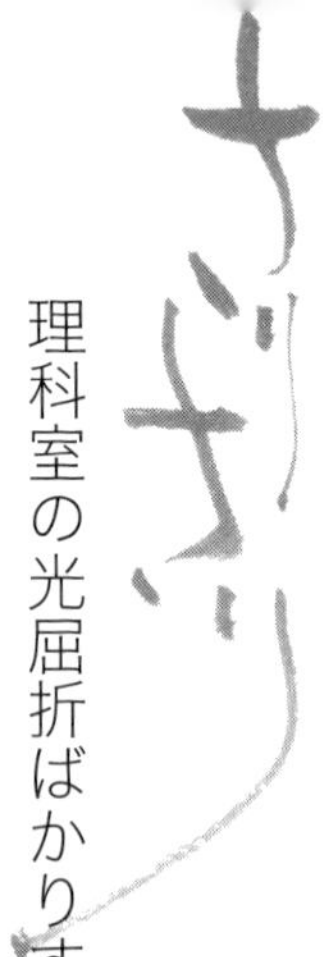

理科室の光屈折ばかりする

絶対に揺れる垂らした糸の先

まっすぐを包んで紙のくたびれる

まっすぐを包んで紙のくたびれる

本当にまっすぐって
融通がきかないのよね。
包もうとすると
頭が突き出てしまう。
ちょっと目を下げるとか、
耳を畳むとかしてくれると
紙も破れなくてすむんだけ
れど。

しあわせな時はふっくら温い壁

顔がくずれる昼下がり

鍵穴がなんにも知らぬふりをする

石像が顔色変えてやってくる

水やって大きな声に育てます

いっぱい、いっぱい声を出してはいるんです。
でも、でもそれは誰にも届いていない声。
朝夕の水やりを欠かさずに、さあ、大きな声を育てよう。

黒

怖くなんかないさともだちみんな

ともだちを配っておいた水たまり

後方の声無視という矢を放つ

傾いた海イヤリングはずせない

情で割れるつもりの壺である

泣いて泣いてきれいになったお月さま

飲み込んだ言葉つぎつぎ石になる

エレベーター黄色が乗っていた匂い

体内の音はみ出してゆく夏日

うにゅっうにゅこころ握ると音がする

うにゅっうにゅこころ握ると音がする

石なんかどこにもないさアスファルト

何となく蹴られてしまう丸い石

うれしみの海の色です無色です

捨てたら怖い河原の石も覚えてる
笑いたい石集まってくる川原

鈴を振る追い出したいと思う音

水族館安定剤の欲しい魚

ひと色が足りない虹が眠られぬ

わたくしを壊すときれいな音が出る

ざりざり

しっかりとガラス磨いて無視をする

さりさり

確かめて裏も表も遠ざかる

製造中止こころの部品ありません

万歳の腕から痛み溢れてくる

修復不能腕は無口になりました

壊れもの注意こころを運び出す

ぶよぶよの瘤決心はまだつかぬ

吐きつづけ言葉孤独が深くなる

まっすぐに生きてときどき鬱になる

真面目に生きるっていいことなのに、
どうしてこんなに疲れるんだろ。

“いい人ってしんどいんだよね”

アイスクリーム舐めながら通り過ぎた
若い子の会話。

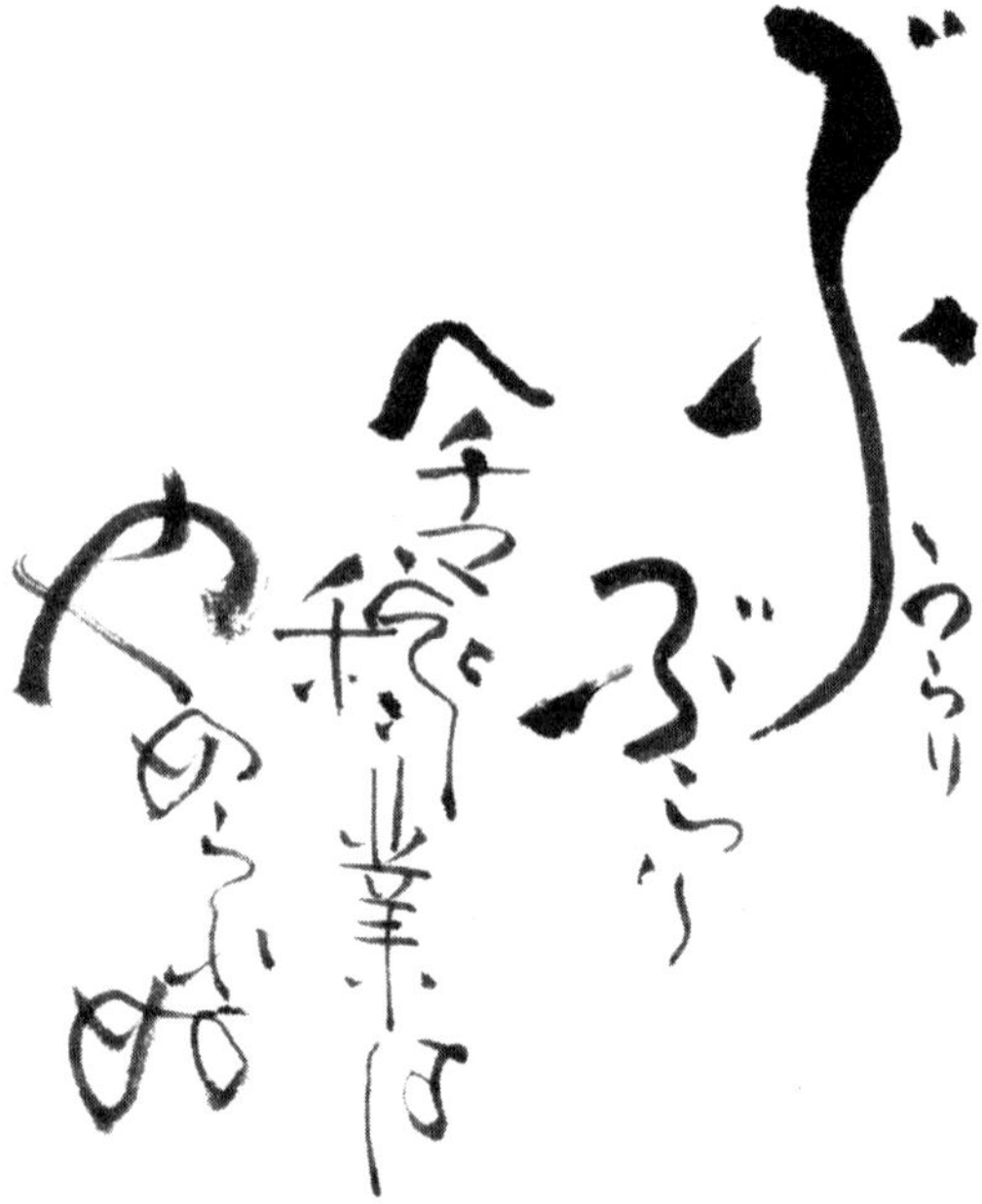

頑張らないで！
頑張りすぎないで！
何とかなるさ、 ぶうらりぶらり。
何とかなるのです。

ぶうらりぶらりへチマ稼業はやめられぬ

Ⅳ
（さみしみ）

ふるふる

自由なゼロがいい、なんて強がっているけれど、本当は何にも無いなんて厭！
たとえマイナスに足を引っ張られようとも無の怖さよりはいい。ゼロはさみしい。

ゼロのさみしさゼロの自由さゼロがいい

ふるふる

笹舟に一緒に乗っている他人

ざざと書くざざと聴こえる紙の上

人生の五分の一は待っている
シアワセな一日何もありません

ふるふる

日曜が脱色されてゆく晩夏
眼の記憶家族写真のあった部屋

万華鏡

時間の非在みてしまう

十本のペン先どれも割れている

アイロンをかけて言葉の無表情

メールメールメールが泳ぐ寒い海

おもてなし海を刻んでおきました
試供品送られてきたのはわたし

ふるふる

祈られて汚れが目立つ紙の鶴
涙を詰めて持ちあがらなくなった箱
夕焼けを詰めた袋を渡される

失くしたことに誰も気づかぬ赤い傘
ぐるり赤わたしの色はどこにある

狼が赤信号を消してゆく
簡単にへこんでしまうアルミ缶

ふふ

鳴らぬ笛いい子いい子と抱きしめる
さみしさがはみ出している笙の笛

心を喰べて虫が一匹黒光り

喉が涼しい鬼を一匹呑みこんで

淋しさを食べる輪ゴムの輪の外で
ゴム毬が探し続ける着地点

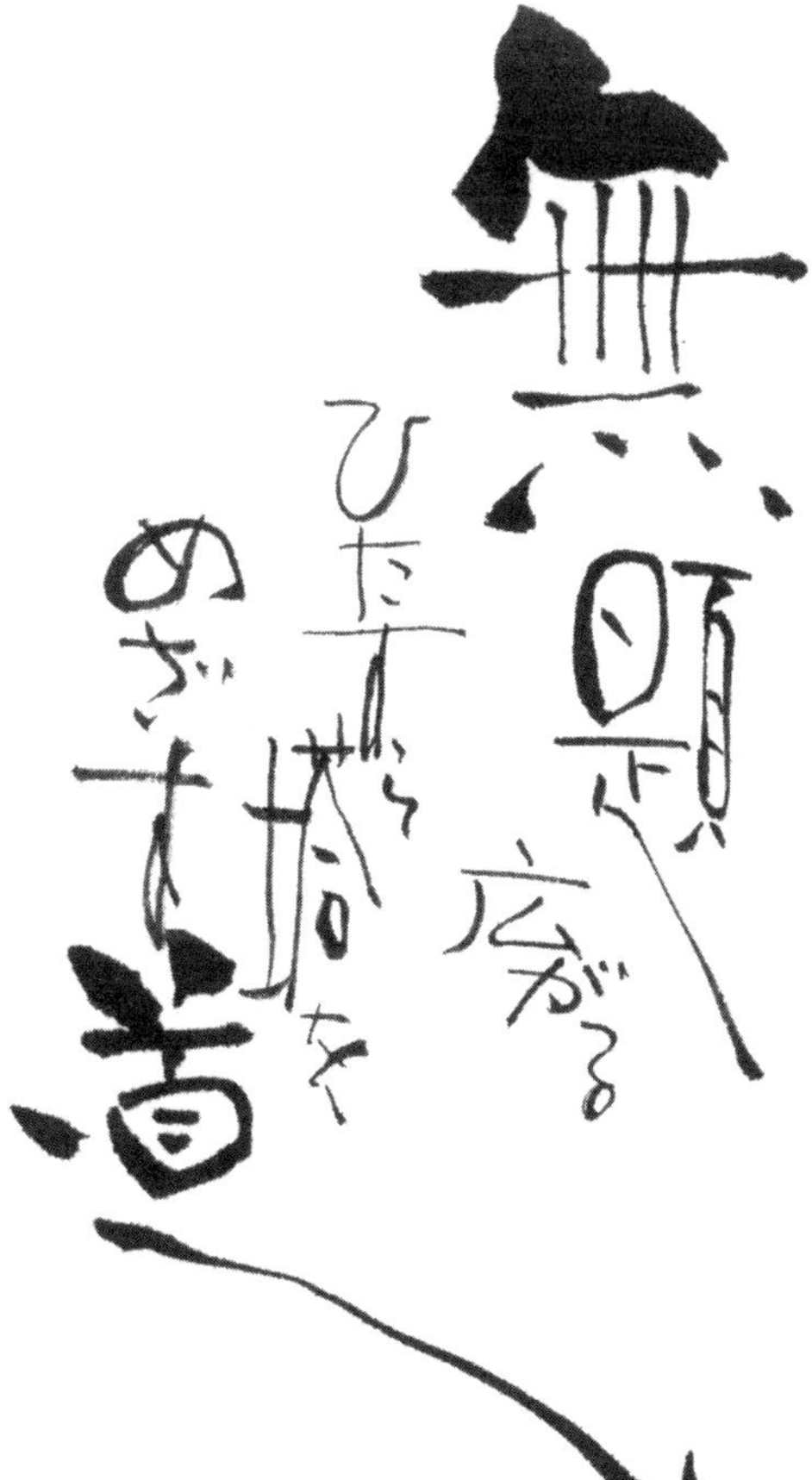

無題広がるひたすら塔をめざす道

そんな道があるのだろうか。
塔など存在するのだろうか。
でも目指すしかない。
生きるということは
そういうことなのだから。

言葉は愛を産み、　言葉は愛を殺す。
とり返しがつかなくなる前に、
さり気なく消しゴムの出番だよ。

したたかに骨打つ音の響きあり
ことば集めて弱い私を補強する
ことばには弱い消しゴム持ち歩く

吸い込んだ文字ぐらぐらと胸叩く
お母さんその文字はもう無いのです

飛び方は習わなかった

紙の鶴

親から生まれなかった鶴は
飛び方を教えてくれる親が居ない——。
でも、でも、祈りを包んで
ひたすらに生きる紙の鶴。

こだまする蒼き震えよごめんねごめんねごめんね

V

（たましい）

たましいの色を探して枯野かな

たましいを
描こうとしています。

たましいの
かたちがわかりません。

だけど
たましいの色なら
見えるような
気がするのです。

たましいの色を探して枯野かな

灰色の雲の隙間のわらい声
ふわりざらり笑い撹拌されてゆく
善人になれるドアです開けますか

流れつつ雲も迷っているのです
踏み抜いてさみしさたまる空の底

たましいが膨らんでくるガラス瓶
哀しみの底にゴツンと触れるとき

水玉模様ピエロの涙縫いつける

水玉模様ピエロの涙縫いつける

ぬれぬれとたましいたちの輝く眼
たましいの色にんげんを呑んだ海

手の中の海をゆっくり捨てている
神さまを演じて空がやせてくる

太陽の鬱とは知らず笑いだす
片方の声離れゆくイヤリング

魔の時間マッチ一本消え残る
ふふほほとこんな時間に起きている

ナイフ垂直午前**三時**を切り落とす
大欠伸してから水は水になる

呑み込んだ海よ蛇口が太くなる

曲がるなど蛇口の水は考えぬ

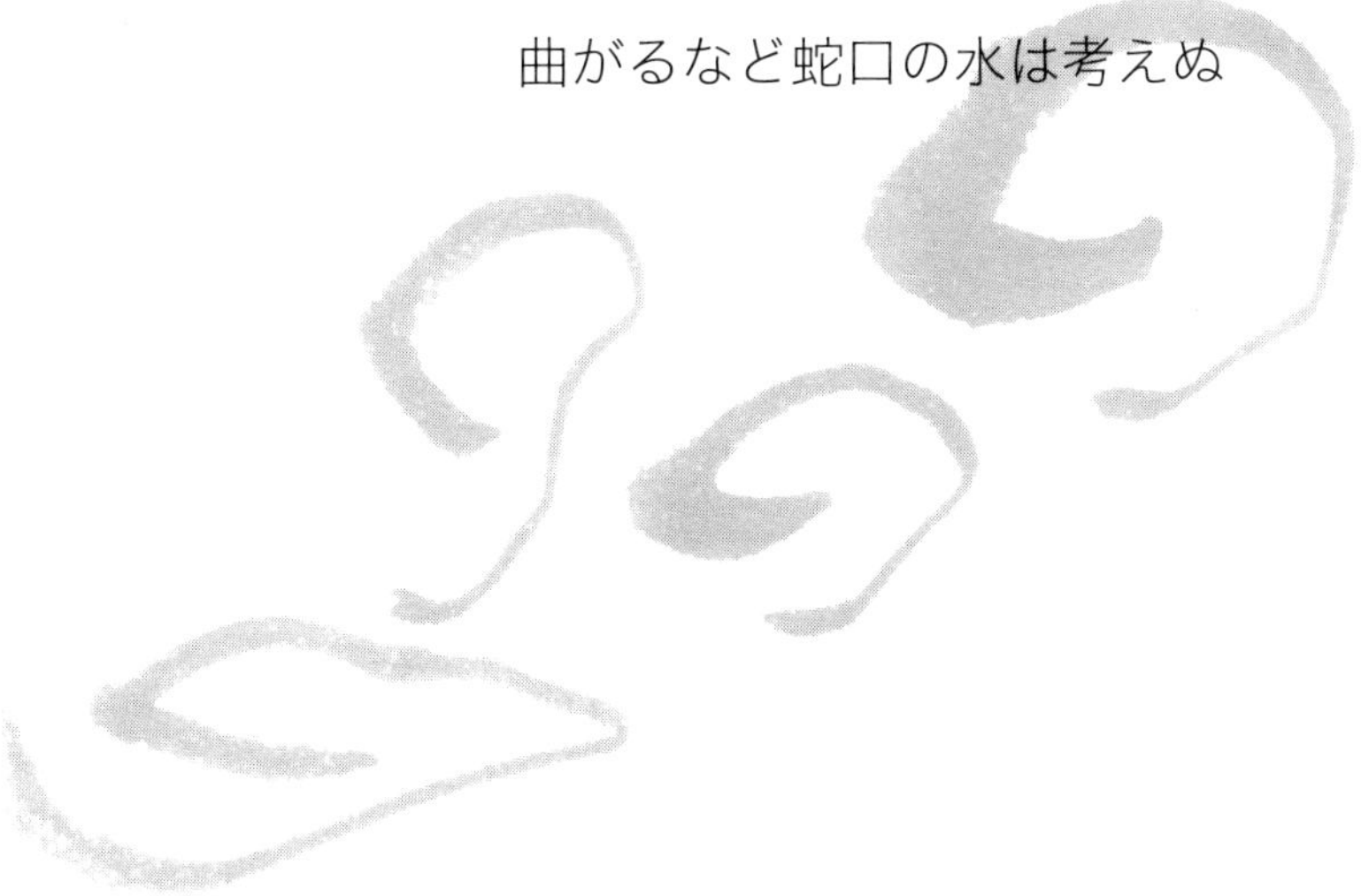

絶対に流れぬつもり水たまり
うっかりと見せてしまった水の裏
山盛りの嘘たいらげて脱皮する

ここからはさみしいという水の色
じわりじわりにんげんになる時間帯

どこから来てどこへ帰るか波ざざざ

地球は回っていると知った時、どうして海の水は
こぼれないのだろうかとふと思った疑問。
——あれから幾星霜。
人生の終焉に近づきつつも答えの出せない「?」
にんげんはどこへ帰るのだろう。

ムカシを食べて消化不良になる未来

あお海のあおのドラマよあお深し

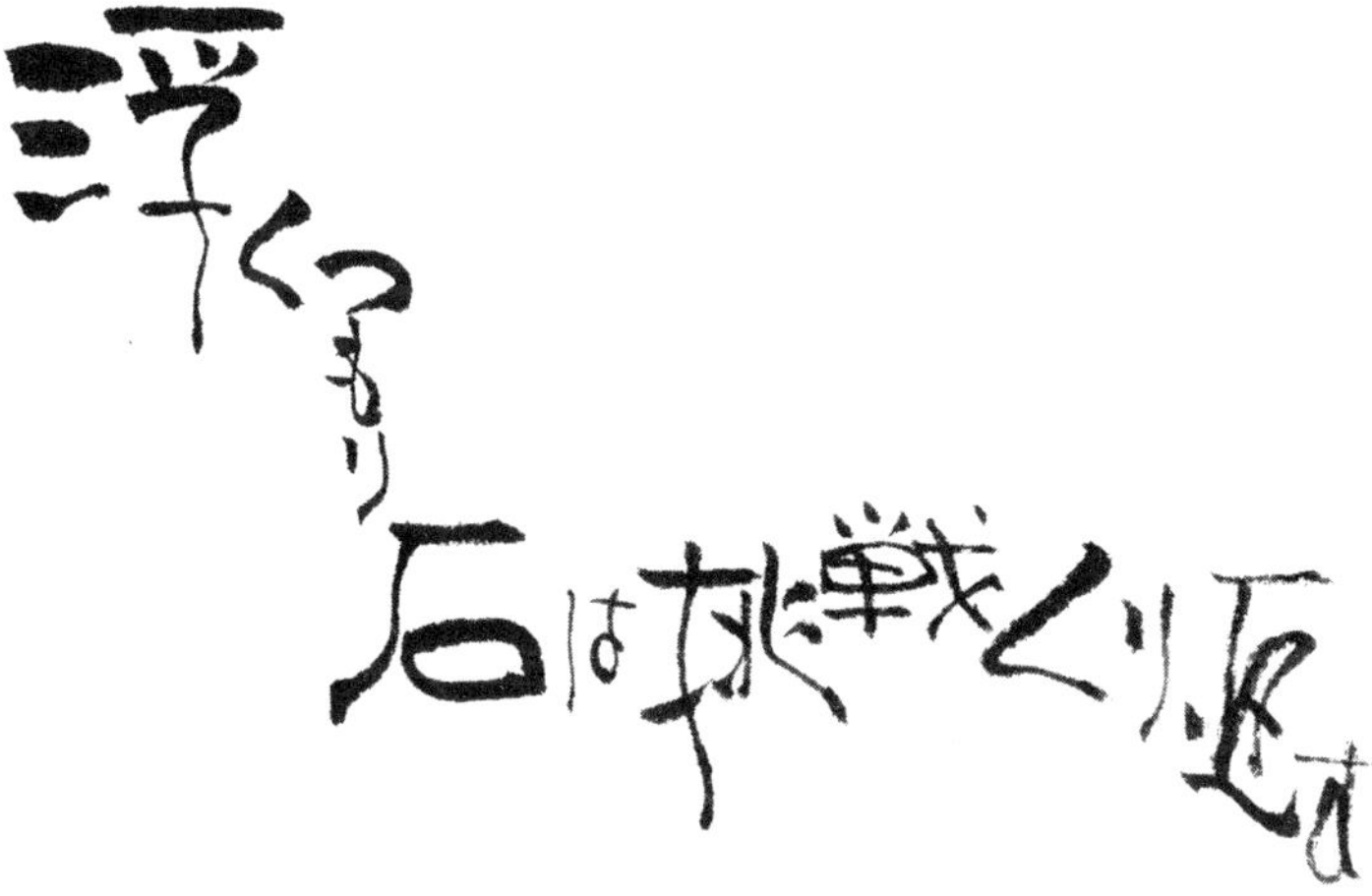

浮くつもり石は挑戦くり返す

ルルルルルル午前三時が震えだす

海になろう海になろうとする 枕

真夜の真ん中、
たったひとりの不安が押し寄せる。
大丈夫、　大丈夫だから。
励ましつつも眠れぬ枕も必死に闘っている。
やすらぎの海にたどり着こうとする枕。

母をもう許して欲しい喉仏

母と来て母はどこにも居りません

水ゆるむ母ゆっくりと水になる

Ⅵ

（再生）

遠くにあると風景の一部のように動かない観覧車も、
実は

近づくと揺れてる冬の観覧車

迷いの渦の中にいる。
にんげんという悩み
にんげんである悩み
抱いてゆっくり観覧車――。

近づくと揺れてる冬の観覧車

口紅の色が尖ってきて初冬

如月のみかんの声の細くなる

ネジ巻いて菜の花わっと咲く二月

整列の声に応えて青い麦

花の息洗う五月の初仕事

六月や骨が一本足りませぬ

赤く塗ったら自信のついた影法師

六月や骨が一本足りませぬ

音の無い花火どこかで月が咲く

死んでいる空を映して大花火

ねんねん
ねんねん

たいだい

八月を入れたバケツの重すぎる

ゆっくりと宇宙が回る洗濯機

機は熟す哀しい音は聴きもらす

森からの船に夕日を積みあげる

腰かけた夕日ズンズン沈みだす

黄昏れの
一瞬
こころ
五ミリ浮く

なんなん
なんなん
なんなん
なんなん
なんなん

ズタズタに夜を犯して冴える

古都広場

集まれり闇夜なり

近づいてくるよ生まれる前の音

消しゴムが透けてきました夜明け前

泡ぎゅっとわらわら落ちてくるわたし
石けんののっぺらぼうと立ち直る

渡れるやんか　橋に励まされてしまう

生きてあるその一点を声にする

唇にピアス心に蒼い穴

濃く深くこの世にかけるサングラス

濃く深くこの世にかけるサングラス

ゆっくりと

脱ぐにんげんを確かめる

未来の話

千手杉の足元で

夕焼けの忘れものなり　雲　ひとつ

勇気を運ぶなんときれいな夕焼けよ

勇気を運ぶなんときれいな夕焼けよ

きれいな夕焼けは、あしたの
晴れを約束してくれる。
何かに立ち向かう勇気も夕
日に乗ってやって来る。

あとがき

タイトルの「ふたつ下のそら」って何のこと？　と読者の方は思われるかもしれません。

今、私が自宅から見ている景色がまさにそれなのです。


私は高層マンションの24階に住んでいます。

ヘリコプターが目の前を通り過ぎることがあったり、夕日の位置が毎日変わっていくことを実感出来る高さです。


…実は私、本当は26階に住みたかったのです。残念ながら抽選にもれてしまい、現在この本のタイトル通りに「ふたつ下」の階の空を眺めている毎日なのです。


ある日、26階から見た空の向こうにはキラキラ光る海が見えました。

１階ごとに景色が異なり、空の表情も違ったものに感じます。

24階の我が家から見る海は、水たまりのような小さな海です。

でも、そんな物足りなさが逆に「ふたつ上の空」へのあこがれをいつも私に抱かせ、空と海と対話させてくれるのです。

そして、ときどき、真っ赤な夕日のような川柳をふたつ上の空に向かって産み上げたりしています。

たにひらこころ

こころ

川柳句集 ふたつ下のそら

○

2005年 12月14日 発行

著 者

たにひらこころ

発行人

松 岡 恭 子

発行所

新 葉 館 出 版

大阪市東成区玉津1丁目9-16 4F 〒537-0023

TEL06-4259-3777 FAX06-4259-3888

http://shinyokan.ne.jp E-Mail info@shinyokan.ne.jp

印刷所

FREE PLAN

○

定価はカバーに表示してあります。

ISBN4-86044-275-X